LES
TRIOMPHES
MARSEILLAIS,

OU

LE COMTE
DE PROVENCE

A MARSEILLE.

POÉME.

LES
TRIOMPHES
MARSEILLAIS,

OU

LE COMTE
DE PROVENCE
A MARSEILLE.

POÉME.

Par M. J. L. ROUBAUD, Doct. en Méd.

Præfenti tibi maturos largimur honores,
Jurandafque tuum per numen ponimus aras.
Horat. Epit. 1. *Liv.* 1.

A MARSEILLE,

Chez JEAN MOSSY, Imprimeur du Roi, de la
Marine & Libraire, au Parc.

M. DCC. LXXVII.
AVEC PERMISSION.

PRÉFACE.

LES Marseillais se sont signalés dans les Fêtes qu'ils ont données à MONSIEUR. Leur zèle a éclaté d'une manière si frappante , que cet auguste Prince leur en a témoigné la plus vive sensibilité. Ils accueilliront sans doute favorablement un Poëme , où sont tracés leurs nobles sentimens , & les actions qui en sont émanées dans cette importante conjoncture. La magnanimité du Prince qui a été l'objet de leur respect & de leurs réjouissances , & la grandeur de LOUIS XVI, qui sont dépeintes, ou du moins ébauchées dans cet Ouvrage, ne peuvent que les intéresser. Et quels peuples

Français n'intéresseraient-elles pas ?

J'ai donné à mon Poëme le coloris de l'épopée. Le genre héroïque est sans doute le plus sublime & le plus capable d'émouvoir. On fait qu'il ne se soutient que par les fictions. J'ai pu , sans prétendre faire une Enéide, imaginer des apparitions , des prédictions , des combats.

En faisant prédire à Neptune , que la France triomphera de ses Ennemis , je n'ai & je ne puis avoir aucune Nation en vue, puisque la paix regne dans l'Europe. Ces ennemis sont ici des êtres supposés. Leur existence hypotéthique ne sert qu'à répandre de l'intérêt dans l'ouvrage. Qui peut ignorer dans le monde littéraire, que l'épopée emprunte ses plus grands ornemens de

ces fortes de fictions , & qu'elles
font l'ame des Poëmes qui parti-
cipent de ce genre ?

L'ordre que je fuis dans celui-ci,
renverfera l'ordre des Fêtes Mar-
feillaifes. Mais les époques ne doivent point affujettir le Poëte. Au
contraire , le Poëte doit faire céder
les époques au plan qu'il s'eft pro-
pofé (1).

---

(1) Nunc mihi res , non me rebus fubmittere
conor.

Hor. Epit. I. Liv. 1.

Permis d'imprimer. *A Marseille , ce*
24 Août 1777.
RICHARD , Affeff. L. G. D. P.
GUEY , E. L. G.

LES
TRIOMPHES MARSEILLAIS
OU
LE COMTE
DE PROVENCE,
A MARSEILLE.

CHANT PREMIER.

ARGUMENT.

Sujet du Poëme. Invocation. La Renommée annonce aux Marseillais l'arrivée prochaine du Comte de Provence. Discours d'un Consul de la ville de Marseille. Préparatifs de Fêtes par terre & par mer. Concours de divers peuples.

JE chante ce Héros, qui du sein de la France,
Vint combler de bienfaits les peuples de Provence;
Ce Frere généreux du plus puissant des Rois,
Qui des seules vertus fait ses dieux & ses loix.

A

Anime mes accens, & des bords d'Hippocrène,
Muse, de tes rayons viens enflammer ma veine.
Trace moi de BOURBON les plus glorieux traits,
Et l'agiſſante ardeur des nobles Marſeillais.
Annonce, ô Calliope, annonce à ce Royaume
Les honneurs qu'il reçut de l'Emule de Rome (*a*).
  De la Seyne paiſible abandonnant les bords,
La prompte Renommée accourut vers nos ports.
Embouchant dans les airs ſes nombreuſes trom-
      pettes,
Elle fit éclater ſes cent voix ſur nos têtes.
» O vous, qui, renfermés dans les murs
    » Phocéens (*b*),
» Adorez le plus grand des Rois Européens,

(*a*) Marſeille a été une Ville des plus floriſſantes de
l'Univers. Sa politique & ſon gouvernement faiſaient
l'admiration de tous les Peuples. Elle était le ſanctuaire
des Sciences & l'école des Romains & des Athéniens. Elle
a produit des Auteurs plus de cent ans avant que Rome
en vît naître dans ſon ſein. Elle a fait des prodiges de
valeur. Elle a toujours été célèbre par ſon commerce
& recommandable par ſon urbanité. *Voy. Tac. de vit.
agr. n.* 4. *Cic. pro L. Flac. n.* 16. *L'Hiſt. Litt. de la
France*, T. 1. *Diſc. prélim.*

(*b*) On ſait que Marſeille a été fondée par des Phocéens. Les principaux Auteurs de ſa fondation furent
Simos & Protis. *Voy. Carry, diſſert. ſur la fondat. de
la ville de Marſ.*

Dit-elle » de fon Sang le plus illuftre Prince,

» Des plaines de Paris vole en cette Province.

» STANISLAS, de la Cour oubliant les appas,

» Vers les champs Marseillais daigne porter fes
    » pas.

» Aux nobles mouvemens d'une ardeur magna-
    » nime,

» Il joint de votre Roi la fageffe fublime.

» De fou Trône éclatant il eft le ferme appui.

» De l'amour des Français il brûle comme lui.

» Il a fon air augufte, & fa bonté fuprême.

» On croirait, en un mot, qu'il eft LOUIS lui-
    » même.

A peine ce difcours, parmi nous répandu,

Fut de nos Magiftrats dans la Ville entendu,

Qu'applaudiffant au bruit de l'heureufe nouvelle,

Et déployant le feu d'un héroïque zele,

Ils brûlent d'adorer dans nos fameux remparts,

L'Aftre dont on attend les propices regards.

» Que par nos foins actifs, la Ville triomphante

» Célébre, dit l'un d'eux, fon entrée éclatante.

» Que d'un héros formé du pur fang de nos dieux

» Tout raviffe le cœur, tout enchante les yeux.

» Que ces vaftes palais, ces fortunés rivages

» Donnent de nos tranfports les publics témoi-
    « gnages
                    A ij

» Que le peuple, & les Grands,& tous les Mar-
    » feillais ,
» Au frere de leur Roi montrent un cœur français.
Il-dit. Sa noble ardeur fur fon vifage brille.
Dans tous les Magiftrats le même feu pétille.
Auffi-tôt par cent bras fous leur ordre empreffés;
Divers arcs-de-triomphe au Héros font dreffés.
Par tous les appareils d'une brillante fête ,
A lui marquer fa joie un peuple entier s'apprête.
    La Nobleffe répand un éclat faftueux.
L'heureux commerce étale un luxe fomptueux.
De jeunes Phocéens une infigne cohorte ,
Dans les prompts mouvemens du zele qui l'em-
        porte ,
Pour voler vers BOURBON, monte de fiers courfiers.
Les paifibles marchands deviennent des guerriers,
Et fe livrent en proie au feu qui les dévore.
L'Artifan enhardi des armes fe décore.

    D'innombrables vaiffeaux en ligne difpofés ,
Sont fur l'onde tranquille avec pompe expofés.
De leurs énormes flancs on voit par-tout paraître
Mille bouches d'airain pleines d'un vif falpêtre.
Dans l'enceinte du Port, fur leurs mâts inconftans
S'offrent de toutes parts des pavillons flottans.
    Revêtus de la robe & d'un collet antique ,

Les intégres Soutiens de cette Cour Gothique(c),
Qui juge les débats des Chasseurs de Téthis,
Préparent un vaisseau qu'embellissent les Lys.
Par les soins assidus de ces Marins habiles,
Du liquide séjour les Habitans agiles,
Se rassemblant en foule au tour du bois flottant,
Attendent de BOURBON le dangereux trident.

Sur l'orgueilleux sommet d'une vaste montagne
Qui regarde à ses pieds la Ville & la campagne,
D'où l'œil peut mesurer l'immensité des airs,
Et s'égarer au loin dans les plaines des mers,
Est un Temple célebre, où rendant ses oracles,
MARIE aux Marseillais prodigue les miracles.
Non loin des sacrés murs, d'industrieuses mains
Pratiquent de concert de profonds souterreins,
Et mêlant avec art l'air, le nître & le soufre,
Préparent d'un volcan la matiere & le goufre.

Vous, généreux guerriers, qui veillez sur nos
    Forts,
Aimables citoyens dans nos paisibles bords,

(c) Les Prud'hommes (*Probi homines*) qui jugent
souverainement & en dernier ressort les différends des
Pêcheurs. Ils ont toujours eu des privileges considérables,
qui leur ont été confirmés par nos Rois, & notamment
par LOUIS XIII. *Voy. M. de Ruffi, hist. de Marf.*

Lions impétueux dans les champs de Bellonne ,
Quelle flâme héroïque en vos veines bouillonne
Déja portant aux cieux les armes des BOURBONS ;
S'élevent fur vos tours de pompeux pavillons ;
Et par le ferme appui de roulantes machines
S'avancent hors des murs d'énormes couleuvrines.
Déja pleins de vos feux , vos agiles Soldats
Prennent le fer tonnant, prêts à fuivre vos pas.
Quel fentiment flatteur vous preffe & vous anime ,
Le défir d'honorer un Prince magnanime.
   Quel bruit vague & confus vole de toutes parts?
Quel trouble fe répand autour de nos remparts ?
Des peuples raffemblés les nombreufes cohortes
D'un pas tumultueux s'écoulent à nos portes.
Jaloux de partager nos propices deftins ,
Nos voifins empreffés inondent les chemins.
Ils viennent admirer avec un humble hommage
Du Monarque Français la plus parfaite image.
Ainfi les Provençaux , dans Marfeille autrefois
Coururent adorer un de nos plus grands Rois(d).
Ou telle on vit jadis aux plaines d'Olympie ;
Pour connaître un vainqueur , la Gréce réunie.

(d) Louis XIV.

LES
TRIOMPHES MARSEILLAIS
OU
LE COMTE
DE PROVENCE,
A MARSEILLE

CHANT DEUXIEME,

ARGUMENT.

LE *Héros entre en Provence. Son arrivée à Aix. Réunion des Troupes Marseillaises sous les armes au bruit de son approche. La noble Jeunesse à cheval va à sa rencontre. Les Magistrats courent aussi vers lui. Discours de l'un d'eux. Réponse du Prince. Son entrée dans la Ville. Illuminations. Plaintes de la Nuit.*

DU Héros cependant, vers nos heureux climats,
Les superbes coursiers précipitent leurs pas.
Il voit d'un œil joyeux l'inconstante Durance.

Rouler ses flots bruyans sur les bords de Provence.
Son char fend de ses eaux le cristal écumeux ,
Et l'emporte déja dans ces remparts fameux ,
Où s'élevent les tours de nos antiques Maîtres ,
Où les fiers Bérengers regnaient sur nos an-
    cêtres :
Où Thémis débrouillant le cahos de ses loix ,
Regle des Provençaux la fortune & les droits.

    La Courriere des Dieux frappe encor notre
    oreille.
» Le grand BOURBON , dit-elle , entre aux
    champs de Marseille.
Que de torrens de joie inondent les esprits !
Nos guerriers dispersés , d'un vif transport épris,
Le front haut , l'œil en feu , le cœur brûlant de
    zele ,
Volent le fer en main où l'honneur les appelle.
Leurs bataillons unis , marchant à pas réglés ,
Sont en un même lieu dans l'instant rassemblés.

    Sous nos superbes murs s'ouvre une vaste rue,
Qui frappe l'œil surpris par sa longue étendue.
Dans son centre élargi s'élevent des peupliers ,
Qui surpassent les toits par leurs sommets altiers.
Sous leur ombrage épais deux fontaines fécondes
Jettent en murmurant leurs transparentes ondes.

C'eft dans ces lieux rians, qu'en deux corps
    partagés,
Le long de nos Palais, les Soldats font rangés.
Des cafques couverts d'or fur leurs têtes pétillent.
Ornés de ce métal leurs uniformes brillent.
Le fer luit, étincéle. On voit de toutes parts
Voltiger dans les airs de pompeux étendarts.
Des tiffus fomptueux de diverfe peinture
Des murailles partout font la riche parure.
Le Bourgeois, l'Etranger, tout le peuple em-
    preffé,
Eft auprès des Soldats confufément preffé.
Des deux fexes mêlés les innombrables troupes
Des faces des maifons reffortiffent par groupes.
Mais Iréne auffi-tôt fur l'horloge du tems
Du bonheur attendu vient frapper les inftans.
Sur fes légers courfiers la nombreufe Jeuneffe,
Du rapide Borée égalant la viteffe,
Vole vers STANISLAS. Les trompes, les clairons
Accompagnent toujours fes nobles Efcadrons.
Nos Confuls revêtus de la pourpre éclatante
Précipitent vers lui leur marche triomphante.
Ils fortent de nos murs, difcernent le Héros,
L'abordent humblement; & l'un d'eux dit ces
    mots ;

» O toi qui fais paraître au printems de ton âge

» Des solides vertus l'étonnant assemblage,

» Qui réunis les traits de tes plus grands aïeux,

» STANISLAS, que le Ciel offre enfin à nos vœux,

» En ce jour solemnel, nous venons de nos ames

» Epancher dans ton sein les généreuses flâmes.

» Reçois de notre amour ces tendres sentimens.

» Non, nous ne vivons plus dans ces malheureux

tems,

» Où, bouillans de fureur, des conquérans avides,

» Bravaient sur ces remparts nos peuples intré-

pides ;

» Où voulant obtenir des hommages forcés,

» Ils se voyaient souvent vaincus & repouf-

» sés (e) ;

» Où la foudre, le fer, le trépas, le carnage

» De l'un des deux partis assuraient l'avantage.

» Mais laissons dans l'oubli des détails superflus.

» Graces à vous, destins, ce siecle affreux n'est

» plus.

» Marseille d'un doux sort éprouvant l'équilibre,

» A ses vrais Souverains rend un hommage libre.

» Marseille, qui tenant l'empire de ces mers,

(e) Voy. M. de Ruffi, Hist. de Marf.

» Levait un front superbe aux yeux de l'univers;

» Marseille, qu'on a vu dans le fort de son lustre

» Combattre de ta race un Connétable illus-

········ » tre (ƒ);

» Marseille, des BOURBONS reconnaissant la loi,

» Sera toujours soumise & fidele à son Roi :

» Et plus heureuse encor sous les soins de la

············ » France,

» Qu'elle ne fût jamais par sa propre puissance,

» Elle ose par ma voix implorer aujourd'hui

» Les bontés de son Prince, & ton suprême appui.

Le Héros satisfait, à ce discours sincere

Reconnaît des Français le noble caractere :

» Phocéens, reprit-il, quand on aime son Roi,

» On est sûr de trouver un protecteur en moi.

» Par de tels sentimens on obtient mon estime :

» Elle est le digne prix du feu qui vous anime.

» Conservez pour LOUIS une constante ardeur.

» Le bonheur de son peuple est son propre bon-

············ » heur.

_____

(ƒ) En 1524 & en 1533, Charles de Bourbon,
Connétable de France, & Général de l'Armée de Charles-
Quint, mit le siege devant Marseille. Mais il fut con-
traint de le lever. Voy. M. de Ruff. Hist. de Marf.
Massilia gentilis & christiana. pag. 498.

» Son amour paternel, fa bienfaifance extrême

» Relevent fur fon front l'éclat du diadême.

» Son efprit attentif fur les mœurs des Français,

» A fu vous mettre au rang de fes premiers fujets.

Achêvant ce difcours, vers la Ville il s'avance.

De fa fublime porte il voit un peuple immenfe.

Parmi nous, naît enfin cet aftre radieux.

Au même inftant fur lui font tournés tous les

  yeux.

La joie au teint riant meut fes ailes de flâme.

Des fpectateurs ravis elle pénètre l'ame ;

Et d'un rapide vol parcourant tous les rangs,

Donne en l'air le fignal des applaudiffemens.

Mille mains auffi-tôt, mille voix confondues,

Par un bruit éclatant font retentir les nues.

Nos Mifenes (g) foufflant dans l'airain, tor-

  tueux,

Font jaillir dans les airs des fons harmonieux,

Le falpêtre preffé dans les creux de la terre,

Part & va fous l'Olympe affronter le tonnerre.

Tout charme le Héros. Nos divines Cypris

Reconnaiffent en lui les attraits d'Adonis.

(g) Mifene, fils d'Eole était le plus habile de fon tems dans l'art de fonner de la trompette. *Virg. Æneid. liv. 6.*

Le peuple pense voir, comme en une autre Itaque,
Arriver dans Marseille un nouveau Télémaque.
Son port majestueux relève sa beauté.
Il joint un doux souris à sa noble fierté.
Attirant sur ses pas d'innombrables cohortes ,
D'un superbe palais il pénètre les portes.
Trop heureux *Fortia !* tu reçois sous ton toit,
Le Dieu des Provençaux, le Frere de ton Roi !
Si sous tes lambris d'or de près tu le contem-
    ples,
Pour lui nos cœurs ardens sont tout autant de
    temples.
    De l'Erébe bientôt s'élançant dans les airs ,
La Nuit d'un crêpe noir vient couvrir l'univers.
Mais quel est son effroi ? De Marseille éclairée,
Des millions de feux lui défendent l'entrée.
» Quoi ! je ne pourrai pas, de mes voiles obs-
    » curs ,
» Des Phocéens , dit-elle , envelopper les murs ?
» Sans avoir vu BOURBON , faudra-t-il que mes
    » ombres
» Rentrent honteusement dans leurs retraites
    » sombres ?
» N'est-ce donc pas assez qu'en son rapide tour ,
» Phébus de tous les lieux me chasse tour-à-tour?

» Des mortels infolens , par leurs faux artifices
» Me feront-ils céder à des aftres factices ?
» O douleur ! . . . La Déeffe à ce difcours s'enfuit;
Et nos brillans flambeaux triomphent de la Nuit.

LES
TRIOMPHES MARSEILLAIS
ou
LE COMTE
DE PROVENCE,
À MARSEILLE.

CHANT TROISIEME.
ARGUMENT.

Au lever de l'aurore, les Troupes sous les armes se rendent devant le palais du Héros. Il sort. Les Militaires de nos Forts l'environnent. Discours d'un des Chefs. Réponse du Héros. Apparition du Dieu Mars. Discours de ce Dieu au Comte de Provence. Réponse du Prince. Il va au Port. Exercice de la Joûte. Le Héros visite les Forts.

L'Amante de Titon sur l'Europe s'avance,
Et dore de ses traits l'horizon de Provence.
Sur son char éclatant elle hâte son cours,

Et voit des Phocéens les orgueilleuses tours.
Dans la Ville déja , du pôle elle regarde ,
Et frappe nos guerriers des rayons qu'elle darde.
Son doux afpect en eux excite le réveil.
Ils s'élancent des bras du paifible fommeil.
L'image de BOURBON dans leur efprit tracée ,
Du défir de lui plaire enflamme leur penfée.
De leurs toits défertés fortant de toutes parts ,
Ils raffemblent bientôt leurs bataillons épars.
Leur zele , de nos murs faifant fuir le filence ,
Chez tous les citoyens répand la vigilance.
Les vieillards, de leurs fens ranimant les refforts ,
Veulent à STANISLAS témoigner leurs tranfports.
Les enfans appuyés fur le fein de leur mere ,
Cherchent par-tout des yeux ce Prince tutélaire ,
Le peuple & les foldats, autour de fon palais ,
foupirent pour l'inftant de revoir fes attraits.
Secouant les pavots qui preffent fa paupiere ,
Ce Héros ouvre enfin les yeux à la lumiere.
Il paroît : tous les cœurs , à fon augufte afpect ,
Lui marquent à l'envi leur joie & leur refpect.
Tels dans de vaftes champs , avec un doux tu-
     multe ,
Attendant le matin l'aftre , objet de leur culte ,
Près d'un Temple facré , les peuples du Pérou ,
                   Au

Au lever du Soleil fléchiſſaient le genou (h).

 Mais BOURBON du palais deſcend d'un pas
  agile,

Et va de ſes vertus étonner notre Ville.

Sur ſon front ſe déploie une aimable gaîté.

Six illuſtres guerriers marchent à ſon côté (i).

Tel des voûtes d'azur parcourant les limites,

Jupiter eſt ſuivi de brillans Satellites.

 Il contemple déja ce pompeux bâtiment,

Qui de ſon Triſaïeul, célèbre monument (j),

Renferme dans ſon ſein les foudroyantes armes

Qui jadis ſous ſes yeux répandaient tant d'alar-
  mes.

De nos Forts auſſi-tôt les généreux ſoldats,

En cent files rangés, vers lui portent leurs pas.

Leurs nombreux bataillons entourent cet eſ-
  pace,

Qui de notre Arſénal forme la vaſte place.

(h) Voy. Garcilaſſo de la Vega. Hiſt. des Incas.

(i) Meſſieurs le Duc de Laval, ſon premier Gen-
tilhomme de la Chambre; le Marquis de Lévis & le
Comte de Chabrillan, Capitaines de ſes Gardes; le
Comte de Modéne, ſon Gentilhomme d'honneur; le
Prince de St. Maurice, Capitaine des Suiſſes de ſa
Garde; le Marquis d'Avarey, Maître de la Garde-robe.

(j) Le Parc.

B

Les Chefs respectueux s'approchent du Héros :
Leur troupe l'environne ; & l'on entend ces
   mots :
» Quelle guerriere ardeur, quels transports ,
  » quelles flammes,
» Ta présence, ô BOURBON, excite dans nos
  » ames !
» De l'éclat de ton front nos yeux sont éblouis ;
» Et nous pensons en toi voir un autre LOUIS.
» Quand irons-nous, grand Prince, aux champs
  » de la victoire,
» Nous couvrir avec lui d'une immortelle gloire ?
» Mais de son bras puissant l'univers craint les
  » coups,
» Et les Rois n'osent point provoquer son cour-
  » roux.
» Arbitre de la paix, arbitre de la guerre ,
» Il tient entre ses mains les destins de la terre.
» Qu'il parle ; & nous courrons moissonner des
  » lauriers.
 STANISLAS, un moment contemple ces guer-
  riers.
» Français, dit-il, je sais quelle est votre vaillance.
» Méritez de LOUIS l'auguste bienveillance.
» Vous, soldats, imitez les Chefs que vous suivez,

» Et vivez pour l'honneur du Roi que vous fervez.

A peine acheve-t-il, le bruyant airain fonne :

A coups précipités l'ardent falpêtre tonne:

L'air en eft obfcurci : les Cieux en font émus :

Mars même en eft troublé dans les bras de Vénus.

» Quoi ! dit - il , un BOURBON fe prépare à la
        guerre ?

» Allons entre fes mains remettre mon tonnerre.

Et dans le même inftant, auffi prompt qu'un
        éclair ;

De Paphos à Marfeille il fend les champs de l'air,

Et devant STANISLAS defcend fur une nûe.

Son front cicatrifé s'endurcit à fa vue.

Il lui dit : » par mon bras , triomphant dans
        » Paris ,

» HENRI le Conquérant au Trône s'eft affis ;

» Ton Trifaïeul fur l'onde a gagné des batailles,

» Et dans la Germanie a détruit cent murailles.

» J'ai conduit ton Aïeul aux champs de Fon-
        » tenoi ,

» Pour te guider , BOURBON , j'accours auffi
        » vers toi.

» J'ai verfé dans ton fang tous les feux de tes
        » Peres.

» Viens ; domptons de LOUIS les puiffans adver-
        » faires.   B ij

» Prends pour les foudroyer « . . . Alors de son

: . . . discours,

Le Héros pacifique interrompant le cours :

» Ce Prince vertueux ne cherche point la guerre.

» Il ne met pas sa gloire à désoler la terre ;

» Et son cœur aime mieux, à l'ombre de la paix,

» Sur ses peuples chéris regner par les bienfaits.

» Si l'Europe en ses mains ose allumer la foudre,

» Ses coups impétueux reduisant tout en poudre,

» Et par-tout abaissant l'orgueil des Nations,

» Te feront mieux encor connaître les BOURBONS.

Le Dieu prenant l'essor vers la plaine éthérée,

Va dérider son front auprès de Cithérée,

Et des rayons subits que darde sa valeur,

Du Prince & des Guerriers il pénètre le cœur.

STANISLAS voit enfin cette enceinte profonde,

Où d'un calme éternel Téthis fait jouir l'onde ;

Où rangés avec art, brillent mille vaisseaux :

Et tandis que ses yeux s'égarent sur les eaux,

Le nître enflâmé sort de cent bouches tonnantes,

Fait fuir par ses éclats les nymphes frémissantes,

A la mer, à la terre annonce le Héros,

Et ranime la voix des plus lointains échos.

Mille coups redoublés dans les airs se confon-

dent.

Il semble qu'à l'envi les foudres du Ciel grondent.

Les Dryades sortant des bois & des vallons,
Viennent se rassembler aux sommets de nos monts.

De la blonde Cérès abandonnant les charmes
L'humble habitant des champs accourt au bruit
    des armes.

Sur les châteaux ailés qui flottent dans le Port
Est un peuple innombrable, ainsi que sur son bord.

Un spectacle joyeux s'offre au milieu des fêtes.
Sur de légers vaisseaux, de vigoureux Athlétes
Fendent l'onde, & levant un front audacieux,
S'examinent de loin, se ménacent des yeux;
S'avancent promptement; ils se heurtent, ils
    luttent,

Font des efforts égaux ; chancèlent ; se culbutent,
Et du haut de leur proue ils tombent dans les
    flots.

BOURBON voit s'exercer ces humides rivaux.
Mais quels tristes objets à ses yeux vont paraître
Oui, touché de leurs maux, Dieu, fais les lui
    connaître.

Il dirige ses pas vers ces terribles Forts,
Que la France élevât pour défendre nos bords.

La sensible Pitié, de douleur pénétrée,

Les yeux baignés de pleurs , l'attend à leur
       entrée.

» Suis-moi , BOURBON , dit-elle ; & saisissant sa
       main ,

Elle conduit ce Prince en ce noir souterrain ,
Où gémit la misere ; où dévorant leurs peines ,
Des captifs malheureux languissent dans les
       chaînes.
Ils embrassent les pieds du Héros bienfaisant.
Il parle ; & leurs liens se brisent à l'instant,
    Accours tendre Orphélin, accours Veuve éplo-
       rée ;

Du Dieu de nos climats la puissance implorée
Confondra les efforts de l'injuste oppresseur,
Qui veut sur vos débris élever son bonheur.
    La plaintive infortune & la pâle indigence
De sa bonté suprême éprouvent l'influence.
Sur les états du peuple il fixe ses regards ;
Et sa main libérale encourage les arts.
    Par-tout on suit BOURBON : par-tout on pré-
       conise
Un Prince dont la gloire en ces lieux s'éternise.
Il rentre en son Palais. Dans ses joyeux loi-
       sirs ,
Marseille à son Héros ourdit d'autres plaisirs.

LES
TRIOMPHES MARSEILLAIS
OU
LE COMTE
DE PROVENCE,
A MARSEILLE.

CHANT QUATRIEME.

ARGUMENT.

Description d'un Palais où le Héros doit se rendre. Concours des Dames Marseillaises dans ce Palais. Le Prince qui en approche, voit l'éruption d'un volcan au haut d'une montagne voisine. Entrée du Héros dans le Palais. Cupidon voltige sous sa voûte. Discours du Prince. Euterpe & Terpsicore paraissent dans l'assemblée. Danses.

Aux bords de cette enceinte, où Neptune tranquille,

De ses flots applanis vient baigner notre Ville;

Où l'heureux Marseillais voit cent peuples di-
　　vers.

Apporter leurs tréfors des bouts de l'univers ;
Eft un vafte Palais dont l'antique ftructure
Etale des Scyllis [k] l'admirable fculpture.
Là, le marbre animé (l) préfente un de nos Rois,
Entouré des tableaux de fes fameux exploits.
Au centre eft une falle où l'opulent commerce,
Dans fes rafinemens s'évertue & s'exerce.
On voit déja fes murs de la pourpre embellis.
Formés de tiffus d'or par-tout brillent les lys.
Sur des degrés de jafpe, au fond s'éleve un trône,
Qu'ornent les diamans, qu'un dais pompeux
　　couronne.
C'eft là que nos Cypris doivent de STANISLAS
Contempler librement les immortels appas.
Dès que la Nuit paifible étend fes fombres voiles,
Que fous l'azur célefte éclatent mille étoiles ;
Par de riches atours relevant leurs attraits,
Elles courent en foule aux portes du Palais.
Le peuple fur leurs pas fe preffant dans les rues,

(k) Scyllis & Dipenus font les inventeurs de la Sculp-
ture & de la Statuaire, felon Pline. *Hift. Nat. l.* 36. c. 4.
(l) La Statue de Louis le Grand eft placée au haut du
frontifpice.

Inonde de ces lieux les vastes avenues.
Le soldat s'y rassemble, y forme divers rangs.
On y voit accourir la Noblesse & les Grands.
Enfin avec sa Cour l'Astre de la Provence,
Vient faire sur ces bords éclater sa présence.
Quel spectacle nouveau s'offre à ses yeux surpris?
Quel merveilleux prodige étonne ses esprits ?
Ce mont audacieux, d'où le Dieu de la guerre
Sur l'humide élément fait gronder son tonnerre,
Enfante avec fracas, par ses flancs entr'ouverts,
Un volcan dont le feu semble allumer les airs.
Pénétrant de la Nuit les ombres répandues,
Ces torrens embrasés s'élancent jusqu'aux nues,
Et semblables aux feux que jettent les enfers,
Ebranlent la montagne, épouvantent les mers.
Tel le Vésuve ardent, de son énorme goufre
Fait jaillir avec bruit son bitume & son soufre.

Le nître comprimé dans d'étroits souterrains,
S'enflamme, se dilate, & détruisant ses freins,
Part, vole dans l'éther, pétille, éclaire, tonne;
Et de ses prompts éclats dont l'horizon résonne,
Il trace dans les airs des sillons radieux.
On croit voir cent soleils s'élever jusqu'aux
    Cieux.
Dans le sein du Volcan souvent la foudre
    gronde.

La montagne ébranlée en feux est plus féconde.
Tel l'Etna, par l'effort d'Encélade irrité [1],
Redouble de ses feux l'ardente activité.

Du Temple & des donjons les murailles fu-
    mantes
Paraissent être en proie aux flammes dévorantes.
Le Volcan semble enfin consumer tout le mont.
Ce spectacle inouï qui te frappe, ô BOURBON,
Ce feu qui vers l'Olympe en pétillant s'envole,
De notre amour actif est l'éclatant symbole.
Ainsi nos cœurs Français brûlent toujours pour
    toi.
Ainsi leurs nobles feux s'élancent vers leur Roi.

BOURBON poursuit sa marche, & du Palais
    antique
Pénètre avec sa Cour le superbe portique.
Il s'assied sur le trône; & son auguste aspect
Impose le silence, imprime le respect.
On voit à ses côtés & Vénus & Thalie.
De ses puissans attraits l'assemblée est ravie;
Et des bords Provençaux les piquantes beautés,

---

(1) C'est un des Géants qui voulaient escalader les
Cieux. Jupiter renversa sur lui le mont Etna. Quand ce
Géant se remue, cette montagne vomit d'affreux tor-
rens de flammes. *Virg. Ænéid. liv. 3.*

Etalent leurs appas à ses yeux enchantés,
Quand leurs cercles nombreux, de ce Dieu qu'on
    encense,
Admirent la grandeur & la magnificence;
Il voit éclater l'or sur leurs pompeux habits,
Briller sur leurs cheveux de superbes rubis.
Adorables objets, quelles secrettes flammes
Ce Héros généreux fait-il naître en vos ames ?
Grand Prince, à leur aspect quel insensible cœur
Pourrait n'éprouver pas quelque amoureuse
    ardeur ?
O toi, qui du palais parcours l'énorme voûte,
Cupidon, tendre enfant, qu'on aime & qu'on re-
    doute,
Apprends-moi... Mais je vois tes invincibles
    dards,
Tels que de prompts éclairs voler de toutes parts.
    BOURBON fait sur sa bouche éclore un doux
    sourire.
» Citherée a changé le lieu de son empire,
Dit-il ; » & de Paphos quittant l'ancien séjour,
» Dans l'heureuse Marseille elle a placé sa Cour.
Toutes nos Déïtés, à ces mots applaudissent,
Et d'un bruit éclatant les voûtes retentissent.
    Euterpe accourt soudain dans ces splendides
    lieux.

De ſes doux inſtrumens, les ſons mélodieux
Excitent les eſprits : on s'anime à la danſe.
L'agile Terpſicore en marque la cadence.
Les plaiſirs & les ris banniſſent le ſommeil :
La Nuit fuit ; le jour naît : Phebé cede au Soleil.

LES
TRIOMPHES MARSEILLAIS
OU
LE COMTE
DE PROVENCE,
A MARSEILLE.

CHANT CINQUIEME.
ARGUMENT.

Le Héros demande d'aller sur la mer. Il marche vers le rivage. Une Divinité s'oppose à son projet. Elle va exciter Eole à déchaîner les vents. Tempête affreuse. Discours du Héros. Effroi du Dieu ennemi & d'Eole. Fuite des vents. Le calme succède aux orages. Le Prince est prêt à s'embarquer.

A peine au haut des Cieux commençant fa
    carriere,
Phébus lance les traits de fa prompte lumiere,
Bourbon veut fillonner le liquide élément,
Et chercher fur les flots un noble amufement.

Dans nos bords est un golfe, au pied de deux
   collines,
Où le cristal uni des ondes argentines
Offre un miroir fidele aux Sylvains de ces lieux;
Où, lorsque Procion nous brûle de ses feux,
Nos beautés, sous les soins des chastes Néréides,
Tempérent de leur sang les fougues trop rapides.

De la Cour de Paphos toujours environné,
BOURBON porte ses pas vers ce lieu fortuné.
On y voit mille fleurs sur le gazon éclore
Par les soins empressés de Zéphir & de Flore.
Pomone abandonnant Vertumne & les vergers,
Y fait naître soudain de touffus orangers;
Et courbant en berceau leur flexible feuillage,
D'un verdoyant asyle elle orne le rivage.
Sur son char Amphitrite attendant le Héros,
Dans un calme parfait retient les claires eaux.
Mais un Dieu turbulent contre lui se déchaîne.
» Quoi, dit-il, sur la terre & sur l'humide plaine,
» Un Prince dont la race a détruit mes autels,
» Seroit-il comme un Dieu, révéré des mortels ?
» Mon souverain pouvoir jadis terrible à Ro-
   me (m),

_____

(m) Les Romains l'honoroient sous les noms de Vé-
dius, de Vejovis, de Vejupiter, dans la vue de détourner
les maux qu'il pouvoit leur faire. Cic. 3, de Nat. Deor.

» Eſt-il anéanti dans ce vaſte Royaume ?

» Oui , je ſais qu'au ſeul nom qu'a mérité

    » LOUIS (*n*),

» Mes titres & mes droits ſe ſont évanouis.

» Mais je conſerve encor un reſte de puiſſance.

» Faiſons ſur STANISLAS éclater ma vengeance.

    A ces mots , de Pluton il prend l'air furieux :

Sa rage envenimée eſt peinte dans ſes yeux.

Il part ; & traverſant la France & l'Italie ,

Dans ſes antres profonds joint le Roi d'Eolie.

» O Fils de Jupiter , un Prince audacieux

» Recevra-t-il l'encens des hommes & des dieux ?

» Un innombrable peuple à Marſeille l'adore.

» Vénus l'aime & le ſuit. Mars l'inſtruit & l'ho-

    » noré.

» Téthis lui tend les bras , en pouſſant des ſou-

    » pirs.

» Il va ſur ſon cryſtal varier ſes plaiſirs.

» Son cœur ambitieux veut maîtriſer le monde

» Permets-tu qu'en ce jour il domine ſur l'onde?

» Et que font donc les Dieux ? Montrons notre

    courroux.

(*n*) Notre auguſte Monarque a mérité le glorieux
nom de Bienfaiſant.

» Que jamais les mortels ne s'égalent à nous.

» Déchaîne tes sujets : que leur fureur extrême

» Manifeste à leurs yeux ta puissance suprême.

    Ainsi parle ce Dieu plein d'un fiel infernal.

Eole sur son trône aux vents fait un signal.

Aussi-tôt en sifflant leurs fougueuses cohortes

S'ouvrent de leurs prisons les effroyables portes.

Elles grondent déja sur l'empire des eaux.

Leurs coups tumultueux bouleversent les flots.

Des groupes chancelans de montagnes humides

Errent avec fracas sur les plaines liquides.

Sous les Cieux obscurcis pétillent les éclairs.

Les tonnerres bruyans serpentent dans les airs.

Le turbulent Génie, au bruit des eaux émues,

S'applaudit par un cri qui pénètre les nues.

    BOURBON voit le rivage ; il s'approche des
        mers,

Regarde le tumulte, & bravant les enfers :

» Quel démon contre moi suscite un tel orage ?

» Veut-il par cet affront éprouver mon courage ?

» Parais, monstre, en ces bords : de mon bras
        irrité

» Viens recevoir le prix de ta témérité.

» Osez-vous féconder, vous, sujets d'Eolie,

» D'un Dieu désolateur l'insolente folie ?

                        » Tremblant

» Trempant dans son forfait, craignez que mon
      » courroux
» N'éclate enfin sur lui, sur votre Roi, sur vous.
Il dit. Le Dieu troublé prend une fuite prompte.
Dans le sein du tartare il va cacher sa honte.
Eole est interdit. Les Vents épouvantés
Rentrent en frémissant dans leurs antres voûtés.
Le calme enfin renaît ; des tempêtes finissent ;
Le choc des flots s'appaise, & les mers s'appla-
      nissent.
   Le Héros, par l'appui d'un bois creux &
      flottant,
Se dispose à dompter l'élément inconstant.
Sa Cour majestueuse, & nos beautés divines
Brillent autour du golfe, & sur les deux collines.
Tel sur le mont Olympe, environné des Dieux
Etale sa splendeur le puissant Roi des Cieux.

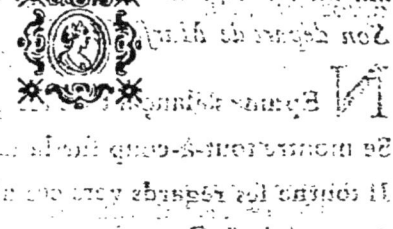

C

LES
TRIOMPHES MARSEILLAIS
OU
LE COMTE
DE PROVENCE
A MARSEILLE.

CHANT SIXIEME.

ARGUMENT.

Neptune paraît sur les flots. Discours de ce Dieu au Prince. Réponse du Héros. Il monte sur le char de Neptune qui lui fait parcourir les mers. Ils vont jusqu'aux Royaumes les plus éloignés. Leur retour en Provence. Combat entre le Prince & un monstre marin. Victoire du Héros. Il s'amuse à la pêche. Son départ de Marseille.

Neptune s'élançant de ses grottes profondes,
Se montre tout-à-coup sur la face des ondes.
Il tourne ses regards vers ces aimables lieux :
Entouré de sa Cour, BOURBON s'offre à ses yeux.

Contemplant fur fes bords cette auguſte aſſemblée,
Il croit voir de Tempé la riante vallée [p] ;
Quand quittant leur ſéjour, ſe livrant aux plaiſirs,
Les Déeſſes, les Dieux y charment leurs loiſirs.
Il preſſe ſes courſiers : ſoudain ſon char rapide
Roule ſur le criſtal de la plaine liquide.
Les Nymphes, les Tritons le ſuivent ſur les flots.
Au Héros qu'il aborde, il adreſſe ces mots :
» O généreux BOURBON, déployant ton courage,
» Vas-tu rougir mes eaux de ſang & de carnage?
» Soumettre quelque peuple au plus puiſſant des
   Rois ?
» Non ; ton cœur martial différe ſes exploits.
» Le regne de LOUIS eſt un regne paiſible :
» Mais à tout l'univers ſon nom ſera terrible.
» Ses Etats ſont féconds en illuſtres guerriers :
» Son bras terraſſera ſes ennemis altiers.
» Au temple des deſtins leur ruine eſt prédite.
» Tremblez, Peuples & Rois : LOUIS déja s'irrite.
» La foudre dans ſes mains... Mais ſes coups
   » ſuſpendus
» Eloignent les effets des oracles rendus.
» Il occupe aujourd'hui ſa ſageſſe profonde

(p) C'eſt la plus belle vallée de l'univers. Elle eſt ſi-
tuée entre le mont Oſſa & le mont Olympe.

» Du bonheur de son peuple, où sa gloire se fonde.

» Il redonne à Thémis son ancienne splendeur ,

» Punit dans le soldat la licence & l'erreur ,

» S'attache à supprimer les onéreux subsides.

» Il apprend des Henri, des Titus, ses seuls guides,

» Que l'amour des Sujets & le maintien des loix,

» Sont les plus sûrs appuis de la grandeur des Rois.

» L'Europe entiere l'aime & le craint & l'admire.

» Il veut entre tes mains remettre mon empire ,

» Et pour combler ta gloire & ta félicité ,

» T'associer aux soins de ma divinité. (q)

» De l'empire des flots nos mains tiendront les

　　　　» rênes.

» Viens, BOURBON ; parcourons ces transparen-

　　　　» tes plaines.

» Avec moi sur ce char viens connaître une Cour,

» Qu'au nom d'un si grand Roi tu dois régir un

　　　　» jour.

Il dit. Le Prince épris d'une guerriere flâme ,

Et cédant aux transports qu'elle excite en son ame:

» De quelles Nations m'apprends-tu les destins ?

» Puisse mon bras des Cieux accomplir les

　　　　» desseins !

_____

(q) Le bruit s'étoit répandu que le Roi destinait la grande Amirauté de France pour MONSIEUR.

» Oui, des nobles Français l'intrépide courage
» Peut vaincre & terrasser tout peuple qui l'ou-
　　» trage ;
» Subjuguer avec lui ses alliés divers ;
» Assujettir l'Europe ; enchaîner l'univers.
» Redoutable LOUIS, Mars t'appelle à la guerre.
» Sous l'aîle de la paix retiens-tu ton tonnerre?
» Laisse éclater ses coups sur tes fiers ennemis.
» Qu'à tes peuples vainqueurs ils soient enfin
　　soumis.
» Neptune, Dieu puissant, par qui je veux com-
　　» battre,
» Allons voir les remparts que mon bras doit
　　» abattre.
Achevant ce discours, il vole sur le char :
Il s'assied près du Dieu : tel qu'un éclair il part.
Les humides Tritons levant leurs fieres têtes,
Embouchent les buccins, leurs sonores trompettes;
Et précédant le char dans les immenses mers,
Par leurs bruyans accords ils ébranlent les airs.
Les Nymphes & Doris, Amphitrite & Nérée,
Voyant ce nouveau Dieu sur leur plaine azurée,
Forment à ses côtés une nombreuse Cour,
Et volent avec lui sur les flots qu'il parcourt.
Il s'éclipse bientôt dans de lointains parages,

Et ne découvre plus les Marseillais rivages.
Il avance déja vers ce passage étroit,
Ce fameux confluent, ce dangereux détroit,
Où l'on voit s'élever les colonnes d'Hercule,
Ce Héros dont BOURBON doit être un jour l'émule.
Sur le vaste Océan roulent enfin nos Dieux.
Cent peuples florissans sont présens à leurs yeux,
Neptune tour-à-tour, au Héros magnanime
Montre des Nations la force maritime.
BOURBON est enflammé de l'ardeur des combats.
Mais le Destin l'ordonne, il revient sur ses pas.
Plus prompt que l'Aquilon, il rentre aux mers
        de France,
Appercoit les coupeaux des monts de la Pro-
        vence,
Du Port des Phocéens voit la superbe tour,
Et découvre en nos bords son éclatante Cour.
Soudain cent cris joyeux, qui dans les airs se
        mélent,
Vont frapper son oreille, & vers nous le rap-
        pellent.
Quel désastre, grand Dieu ! menace ce Héros ?
Quels orageux destins le suivent sur les flots ?
Non loin du char marin, une hidre dévorante
A ses yeux tout-à-coup sort de l'onde écumante.

Ce monſtre à triple tête & d'écailles couvert

A le regard hideux du Garde de l'Enfer.

Il s'agite en fifflant ; ſur le Prince il s'élance.

Plein d'intrépidité BOURBON vers lui s'avance.

Neptune même ému du péril éclatant ,

Remet entre ſes mains ſon terrible Trident.

Par les extrêmités de ce Sceptre effroyable

STANISLAS frappe en vain le monſtre impitoya-
ble.

Son écaille endurcie en émouſſe les coups.

Ils renforcent ſa rage, animent ſon courroux.

Il ſe hériſſe , écume, & s'excite , & ſe pouſſe.

Il donne au Trône humide une horrible ſecouſſe.

Les courſiers effrayés font un ſubit écart ,

Et l'onde qui jaillit , ſemble engloutir le char.

Mais BOURBON que ſoutient ſon courage indom-
ptable ,

Fond ſur ſon ennemi , de mille coups l'accable,

Et de ſon ſceptre aigu lui perce enfin le flanc.

L'onde amère rougit des ruiſſeaux de ſon ſang.

Tel Hercule autrefois défit l'Hydre Argienne.

Calliope fendant la plaine aërienne ,

Et tenant dans ſes mains la palme & le laurier ,

Vient couronner le front de l'illuſtre Guerrier.

Oubliant les dangers de l'affreuſe tempête ,

Il revole vers nous , joyeux de fa conquête.
Les tonnerres fumans qui partent de nos Forts ,
Célèbrent fon retour en nos tranquilles bords.

   Ce Héros dont le bras peut conquérir le monde,
Daigne faire la guerre aux habitans de l'onde.
Ils veulent ; mais en vain, fe fouftraire au danger.
Il fuit leurs mouvemens fur un vaiffeau léger.
Il plonge dans leur fein le trident qu'ils évitent.
Hors de leur élément , à fes pieds ils palpitent.
Tels nos fiers ennemis éprouveront fes coups.
   De la proüe inconftante il s'élance vers nous.
Il entre en cet afyle , où mille fleurs riantes ,
S'empreffent d'exhâler leurs vapeurs odorantes ;
Et tandis que Neptune erre & fuit fur nos mers ,
Il fe livre au repos ; & par de doux concerts
Cent nourriffons d'Euterpe enchantent fonoreille.
Mais quel moment fatal fe prépare, ô Marfeille !
Cet Aftre doit bientôt s'éclipfer à tes yeux.
Il abandonne , hélas ! ces lieux délicieux.

Les peuples enivrés de l'afpect de fes charmes,
Suivent par-tout fes pas qu'ils arrofent de larmes.
BOURBON en eft ému : parmi leurs tendres cris ,
Il monte fur fon char , & vole vers Paris.

F I N.

www.ingramcontent.com/pod-product-compliance
Lightning Source LLC
Chambersburg PA
CBHW071733180626
46818CB00003BA/1379